그대 내게 가장 가까이에 있습니다

천준집 제3시집

시음사
시사랑음악사랑

/

삶의 언저리에서 조용히 눈을 감고
지나온 세월을 추억해봅니다.
나에게 문학이란 아궁이에 활활 타오르는
장작불처럼 꺼질 줄 모르는 열정입니다.
꽃이 피는 봄날이면 꽃길을 걸어도 보았고
비 내리는 궂은날에는 아무 이유 없이
온몸을 적셔도 보았습니다.
바람 부는 날 온몸으로 바람을 맞으며
가슴 한쪽에 딱딱하게 굳어버린 비애를
조각조각 부셔야만 했습니다.
어두운 골목길을 지나
밝은 빛이 눈 부신 거리에 나오기까지
참 많은 시간이 흘렀습니다.
보이는 것은 빈 메아리뿐,
가슴을 희석해 체에 걸러 詩를 지었습니다.

마지막 기차가 떠나가고 오지 않을 걸 알면서

무작정, 발길을 돌려야 하는 낭만 객처럼

허무함으로 한세상 살아온 날들

바람과 계절의 흐느낌 속에서

사랑, 고독, 이별을 낳으며

이 한 권의 시집은 탄생하였습니다.

저기 저 산에 무지개가 떠올랐습니다.

이제 떠나야겠어요.

아날로그의 초침 소리는 떠날 시간을

재촉할 뿐입니다....

오늘도,

내게 가장 가까이에서 숨 쉬고 있는 이여...

시인 천준집

☆ 목차

☆ 목차

본문
시낭송
감상하기

  QR 코드   스마트폰으로 QR 코드를 스캔하면
시낭송을 감상할 수 있습니다.

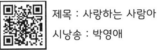

제목 : 혼자 길을 간다는 것
시낭송 : 박순애

제목 : 사랑하는 사람아
시낭송 : 박영애

제목 : 중년의 고독
시낭송 : 박순애

제목 : 별빛 그리움
시낭송 : 박순애

제목 : 그렇게 가리라
시낭송 : 박순애

제목 : 다시 사랑할 수 있다면
시낭송 : 박순애

시인은 자연을 이야기하고 시낭송가는 자연을 품었다.
글자는 날개를 달아 언어로 날고 소리는 자연에 눕는다.

오늘

절망과 번민으로 인해
누군가,
이 아름다운 세상을 떠나고 싶다면
오늘, 누군가 그렇게 마음먹고 있다면

아, 고통은 당하지 않은 사람은 모를 겁니다
죽음이 얼마나 그리운가를

애써,
발버둥 치지 않아도
생의 종점은 어차피 오는 것이 아니든가요

그래요, 어차피 오는 것에는 목메지 마십시오
이 아름다운 세상에,
고통도 시간이 지나면 다 추억이 되느니

분명,
실오라기 같은 희망은 찾아올 테니
그 끝을 한 번 잡아보십시오.

나도 그렇게 살고 싶다

내가 좋아하는 티비 프로는
나는 자연인이다
그들의 삶의 애환은
구구절절(句句節節) 구슬프더라
소박한 밥상과 욕심 없는 얼굴들

나도 그렇게 살고 싶다

그곳에는 싱그러움이 있고
남들이 느낄 수 없는 행복이 숨어 있다
다소 외로움이야 없겠냐 만은

새소리,
바람 소리,
풀벌레 흐느낌 소리,
도시에서의 온갖 고뇌와 질병을 떨쳐내고
혼자서 느끼는 무한한 행복

그대 내게 가장
가까이에 있습니다

윤택이, 승윤이,
그들은 그 프로그램을 위해 하늘이 내려 준
선물일 것이다.

나는 자연인이다
나도 그렇게 살고 싶다.

벚꽃이 필 때면

벚꽃이 필 때,
문득 그리운 얼굴 생각나거든 꽃잎을 보라.
그리고 마음껏 그리워하라

그도 지금 벚꽃을 보며
나를 그리워할지도 모르잖아.

벚꽃이 필 때,
애써 기억을 지우려 하지 말라.
그도 지금쯤 지친 몸으로 나를 기억 밖으로
밀어버리고 있는지도 모르잖아.

누군들,
아픈 상처 하나쯤 없겠냐마는

벚꽃이 필 때 가슴 한쪽이 덩그렇게 비었다면
저 꽃잎을 보라.
그도 혼자서 울고 있을지 모르잖아

그대 내게 가장
가까이에 있습니다

벗꽃이 피던 날
너를 보내고 나는 아무것도 할 수 없었다.
그래서 벚꽃이 눈처럼 날리는지도 모르잖아
그도 지금 저 날리는 꽃잎을 보고 있을까

벚꽃이 우수수 떨어질 때는 그것이
내 눈물인 줄 알라.

내가 살아온 동안

삶의 무게가 가슴을 후비는 오늘
하늘을 올려다보며 눈물을 훔친다.

세월의 고단함으로 단 한 번이라도
마음 편한 날이 있었던가.

돌이켜 보면 내 인생은 늘
자욱한 안개처럼 앞이 보이지 않았다.

내가 가야 할 곳이 어딘지
내 마음 정착지는 늘 안개로 뒤덮여
내 가슴을 사정없이 후벼판다.

생의 늘그막에 모든 걸 다 내려 놓았다고
생각했거늘
가슴 한쪽에 숨겨진 비애는 심장을 할퀸다

단 한 번이라도 좋다
안개 속에 가려진 희미한 불빛이라도
새어 나오길...

숨이 턱턱 차오르는 인생길
때로는 그것을 견디며 사는 것이라고.

그대 내게 가장
가까이에 있습니다

화야

미친 듯 달려온 토막 난 세월에
너의 기억을 퍼즐에 끼우고
오늘도 나는 너의 이름을 부른다.
당신과 나
우리라는 이름 속에
아픔도,
그리움도,
그리고 거친 숨소리마저
인연의 줄사다리에서 출렁이며
지금 너의 이름을 되뇐다.
화야,
이 목숨 끊어지는 날까지
내 가슴 한쪽에 소망의 초를 켜고

아프지 마라,
아프지 마라,

더 가까운 곳으로

그대 내게 한 발짝 더 가까이 오십시오.
보이지 않은 유리 벽에서 서성이지 말고

그대 내게 한 발짝 더 가까이 다가오십시오.
함께 쓰는 우산 속에서
서로의 어깨가 젖지 않도록

행여, 당신이 눈물 흘린다 해도
내가 손수건 한 장 건넬 수 있는 곳에 머물러 주십시오.

혹여, 당신이 등 돌려 떠난다 해도
한번 애원하며 잡을 수 있는 가까운 곳에 있어 주십시오.

그것이 당신에게 보내는 간절한 소망입니다.

당신이 보이지 않은 안개라면
나는 비가 되어 당신 곁에 머무르리라.

그대 내게 가장
가까이에 있습니다

그대가 오시려거든

그대 내게 오시려거든
내 눈시울이 젖어
손수건이 필요할 때 오십시오.

그대 내게 오시려거든
가슴이 젖어 찬비가 내릴 때
따뜻한 차 한 잔으로 오십시오.

나는,
그대가 오시는 길 담벼락에
한 그루 장미를 심으리오.

그대 내게 오시려거든
별빛이 내릴 때 오십시오.

별빛이 내리는 밤이면
나는,
그대에게 흔들리는 갈대가 되리니.

그대가 오시는 날 때쯤이면
내 마음을 비워두리라.

6월의 사랑 꽃

호텔 커피숍에서
처음 만났던 그대
커트 머리에 빛나던 눈동자

난 커트 머리를 하고 왜소해 보이는
당신을 외면하고 그 자리를
박차고 나왔지

세월이 흐르고
6월의 장미꽃 필 때
전화 속 그녀의 목소리

내게 딱 한 번만 더 만나 달라는
애절한 당신의 말에 흔들린 나

열렬한 그 사랑 끝에
한평생 당신과 함께 하루를 맞는
행복한 남자

그대 내게 가장
가까이에 있습니다

내가 싫어할까 봐 그날 이후

한 번도 좋아하는 커트를

하지 않는 착한 그녀

그녀는 진정한 천사였다.

내 마음에 입춘

가슴 시리는 겨울은 가고
내 품에도 봄이 오고 있다
지나간 아픈 상처는 생각한들 뭣하나
마음만 스릴 뿐이지.

겨울이 오듯 또 시련이 온다 해도
봄을 맞이하듯 나 그렇게 시련을 딛고
훌훌 털고 일어날 거야.

마음 밭에 꽃씨 하나 심어
그 꽃이 활짝 피는 날
나는 나에게 한 평생 잘 살았다고
말해 줄 거야.

그대 내게 가장
가까이에 있습니다

주위를 둘러보라

시련은 공평하게 온다
다만 시기가 다를 뿐,

내가 행복하다고 모두가
행복한 것은 아니다.

내가 불행하다고 모두가
불행해야 하는 것도 아니다.

지금 주위를 한번 보라

절망이라고 좌절할 필요는 없다.
눈물을 딛고 일어선 이가 그 얼마던가

누구나 한번은 겪어야 할 홍역일 테니

잊히지 않는 그대

오늘도 나는 그리움을 안고
길을 나섭니다.

잊지 못할
해맑은 그의 미소와 그의 눈빛,
나에게 주어진 그리움이란,
그대와 늘 함께 있지 못함입니다.

그대 내게 없으니 이렇게 아픈 것을,

당신을 만나면 행복할 줄 알았지만
오히려 심장을 도려내는 것 같은 고통,
사랑했기에 온 세상이 다 내 것인 줄 알았습니다.

몇 번이나 놓아버리고 싶었지만
그럴 때마다 물밀듯 밀려오는 그리움

단 한 번이라도,
단 한 번만이라도 뵙고 싶어
견딜 수가 없는 이 밤,

그대 내게 가장
가까이에 있습니다

그래서 어느 낯선 골목을 기웃거리며
헤매는지도 모릅니다.
아직 그대의 숨결은 내 몸속에
흐르고 있건만,

내 가슴을 열 수도 찢을 수도 없으니
오직 내게 잊히지 않는단 한사람
지워지지 않는 그대여,

나무

나무 한 그루의 소중함을 알라,

바람은 그 잎을 얼마나 흔들어야
아픔을 깨울 수 있을까.

나무는 그 얼마나 산고의 통증을 느껴야
싹을 틔울 수 있을까.

나무의 눈물을 본 적 있는가,

나무가 눈물을 흘린다는 사실을
아는 사람은 흔치 않다

나무는 마지막 한 잎까지 떼어내는데
그 고통을 아는 사람은 흔치 않다

나무가 베어질 때 그 아픔을
아는 사람은 그리 흔치 않다

그대 내게 가장
가까이에 있습니다

그것들이 모여 강을 이루고
그것들이 모여 바다를 만드나니

나무는,
죽어서도 자신을 태워
누군가에 온기를 데우나니

나무 한 그루의 소중함을 알라,

공간

하늘과 땅 사이에
꽃들만 핀다면 얼마나 향기가 날까.

하늘과 땅 사이에
새들만 지저귄다면 얼마나 행복할까.

하늘과 땅 사이 넓은 공간엔
시기와 질투 허언과 이별
수많은 아픔이 있지 않더냐,

여기서 우주와의 공간은 그 얼마나 아득하랴
또 나와 함께 있는 너와의 거리는
또 얼마나 가까우랴

너의 향기를,
넓은 공간에 흩어져 느낄 수 없는 것보다

그대 내게 가장
가까이에 있습니다

너와 나의 공간은 작지만, 그 공간에는
너의 머리 냄새와....
너의 아름다운 향기와....
또 그 맑은 눈빛을 느끼며..

아름다운 너의 머릿결이 찰랑거리고
너의 향기와 속삭임이 있기에....
소박한 그 공간은
내게 참 행복하여라.

그대 내게 가장 가까이에 있습니다

우리는 등대가 보이고
저녁노을을 볼 수 있는 곳에
자리 잡고 앉았습니다.

저녁노을은 참 곱게도 물들었지요.
지금 나와 함께 이곳에 마주한
그대처럼 말입니다.

서로 말은 하지 않아도
나는 그때 보았습니다.
행복해하던 당신의 눈빛을

나는 그때 읽었습니다.
무슨 말이든 하고 싶지만
기어이 참고 마음으로 교감한다는 것을

저녁노을이 지고
밤하늘에 별빛이 반짝일 때까지
우리는 그곳에서 숨이 겹치도록
하나가 되었습니다.

그 순간은 차마 잊지 못하고
그때는 그것이 진정 사랑이었음을
이제 알았습니다.
그대, 가장 가까운 곳에 내가 있음을...

야속한 가을아

가을엔 왠지 가슴이 아린다...

떨어지는 낙엽만 봐도 가슴이 아프고

바람이 내 옷깃을 스쳐도 눈물이 난다

가을엔...

어딘가 떠나고 싶고

가을엔...

아무런 이유 없이 방황도 하고 싶고

누군가와 낙엽 쌓인 거리에서
카메라 셔터를 누르고 싶고
쌓인 낙엽을 한 줌 담아 바람에
흩날리고 싶다

가을...

넌 그렇게 내 곁에 왔다가
날 버리고 미련 없이 가는구나.

그대 내게 가장
가까이에 있습니다

한국령

수평선을 질주해 달려간 그곳

검푸른 東海 우뚝 솟은 뜨거운 심장,

한 서린 곡절의 뿌리여!

비목의 아리랑을 부르라

*짧은 글짓기 전국공모전 입상(장려상)
*주제/독도
*작품 내용 전체 길이 50자 내외

함께 있는 동안은 행복했다

우리는 같은 차를 타고
숨을 나눠 마시며 함께 떠났다.
길고 먼 여행은 아니지만
서로가 마음을 주고받기엔
시간은 충분했다.
다만 겉으로 드러내지 않았을 뿐,
몇 번이나 눈을 마주할 때마다
가슴 밖으로 내뱉고 싶은 말
지금 그를 껴안지 못한 것은
사랑이 없어서가 아니다
추운 날 내 뜨거운 심장을 끄집어내어
그대에게 주려 함이니
내가 행여 늦은 밤, 잠 못 이루는 건
커튼 밖, 물밀듯 밀려오는
그대 흔적, 때문이니라.

그대 내게 가장
가까이에 있습니다

인생도 낙엽처럼

늦은 가을 오후
아파트 벤치에 앉아 가을을 마신다

바람 한 점 스치면
내 어깨 위에 뚝 떨어지는 늙은 낙엽 한 장
새순으로 돋아나 그늘을 짓고
자연을 만들다 그렇게 평생을 살다가
이제 흙으로 돌아가나 보다

패티김의 가을을 남기고 떠난 사람
노래가 생각나는 오후 2시

덧없는 인생사
바람에 뒹구는 저 늙은 낙엽처럼
나도 언젠가 흙으로 돌아가고야 말 것을,

하늘에는

하늘에는 별만 있는 줄 알았습니다
하늘에는 달만 있는 줄 알았습니다

그게 아니었습니다

하늘을 쳐다보니 눈물도 있었습니다
하늘을 쳐다보니 그리움도 있었습니다

하늘에는
축복과 은혜로움이 반짝이며
내가 언젠가 고통스럽게 걸어가야 할
비좁은 통로도 있었습니다

아득히 보이는 별을 보며
한가지 소원을 빌어봅니다

하늘에는 하늘에는
꿈도, 그리고 희망도 있었습니다

그대 내게 가장
가까이에 있습니다

꽃 시리즈

꽃이 예쁘다고 함부로 꺾지 말라
그 꽃도 눈물 흘릴 줄 안다.

꽃이 예쁘다고 함부로 입맞춤 말라
그 꽃도 다 알고 있다, 당신의 향기를.

꽃이 예쁘다고 놀라지 말라
그 꽃은 더 놀라고 있다.

꽃이 예쁘다고 탐하지 말라
어차피 때가 되면 시들고 만다.

꽃을 돈으로 흥정하지 말라
꽃은 노예가 아니다.

혼자 길을 간다는 것

혼자 길을 걸어간다.

혼자 길을 가는 것은 누굴 찾는다는 증거요
혼자 길을 가는 것은 그만큼 외롭다는 것이다.

목적 없이 방황하는 길은
더더욱 외로울 것이다

혼자 길을 가는 것은 너무나 쓸쓸하기에
때로는 뒤돌아보고 때로는 쉬어가지만
뒤돌아 본다는 것은 더 외롭다는 뜻이다.

길을 가다 누군가 마주친다면
분명, 그 역시 나처럼 외로울 것이고
외로운 사람끼리 함께 만나서 길을 간다는 건
그다지 외롭지만은 않을 터인데

함께 길을 간다는 것은
함께 눈물을 흘릴 수 있다는 말이다.

그대 내게 가장
가까이에 있습니다

함께 눈물 흘린다는 건
그만큼 하나가 된다는 것이다.

오늘도 혼자 길을 간다.
그 외로운 사람을 만나기 위해 길을 걷는다.

외로운 길을 지금 나는 쓸쓸히 가야만 한다
외로운 발자국을 찾아서.

제목 : 혼자 길을 간다는 것
시낭송 : 박순애

스마트폰으로 QR 코드를 스캔하면
시낭송을 감상할 수 있습니다.

사과와 용서

자신이 행한 행동이 잘못으로 느껴질 때
그냥 잘못을 뉘우치고 한 번 사과를 해보십시오
사과는 진정 아름다운 내 마음을 내미는 것입니다

진정으로 사과를 한다는 것은
내가 나를 다스릴 줄 알아야 합니다
머리를 숙이는 것은 결코 쉬운 일이 아니기에
생각의 고뇌 속에서 피는 아름다운 꽃
그 고통의 꽃이 얼마나 아름답겠습니까

사과는 용서받을 수 있는 비좁은 통로로 걸어가
더 큰 나를 발견할 수 있을 때
내 안에 향기가 나는 꽃이 필 수 있을 것입니다
그러니 잘못이 인정되면 서둘러 사과를 해 보십시오
사과를 받는 쪽보다 훨씬 더 마음이 편할 것입니다

또한

용서는 아름다운 마음을 가진 사람만이

나눌 수 있는 배려기에 용서를 한다는 것은

그 사람의 인품이 향기가 나기 때문입니다

그러니 용서할 일이 있으면

아름답게 용서를 해보십시오

사실 따지고 보면 용서하는 쪽보다

사과를 하는 쪽이 더 마음이 편안할 것입니다

그래서 사과와 용서는

물 흐르듯 하나가 된다는 뜻입니다

지금 사과를 하고 싶다면 손을 한 번 내밀어 보십시오

분명 누군가 잡아 줄 것입니다

나는 무엇을 하고 있느냐

하늘을 올려다본다는 것은
큰 뜻을 품으라는 것이고

산을 바라다본다는 것은
솔처럼 푸르게 살라는 것이고

바다를 바라다본다는 것은
수평선처럼 아득히 누군가
그리워한다는 것이다

나는 지금 무엇을 보고 있느냐
그래서 무엇을 느끼고 있느냐?

그대 내게 가장
가까이에 있습니다

너를 위하여

내가 한 자루 초였을 때,
너는 나를 태우는 불꽃이 되었지.

내 몸이 불타 눈물이 흐를 때,
그것을 지켜보는 너는 아픔이었지만.

너 또한 나를 위해
그 한 몸 모두 태웠으니.

나는 너를 위해 기꺼이 이 한 몸
바치 우리라.

살다 보면

인생은 참으로 짧습니다.
살다 보면 이런저런 이유로
사랑하는 사람과 헤어지는 일이
다반사지요.

그렇더라도 마지막이란 말은
절대로 입에 담지 마십시오.
그 마지막이란 말이 가슴에 대못을
박는다는 것을,

살면서 안녕이란 말, 또한 절대로
표현치 마십시오.
그 안녕이란 말이,
우리가 다시 만날 가능성마저
박탈하기 때문입니다.

죽을 만큼 힘겨운 일이 찾아오면
처음 만날 때 울렁거림을 기억해주십시오.
그리고 조용히 기다리십시오.

바람은 분명,
그 자리에 머물지 못하니까요.
우리의 삶은 참으로 짧습니다.

그대 내게 가장
가까이에 있습니다

등대

밤바다 춤추는 파도 위
아스라이 보이는 등대
외로움으로 넓은 가슴 움켜쥐고
그리움에 떠밀려 여기까지 왔네.

사랑에 허기진 연인들
등대에 빨려들 듯 모여들고
애틋한 사랑을 속삭이는 밀애는
등대는 듣고만 있었지...

누군가 낙서로 고백하는 사랑의 옷은
화려한 줄무늬가 되고
바람에 부대끼고 비에 젖어
슬픈 여정을 보내야 하는 등대,

오늘도 뱃고동 소리에 쓸쓸함을
이기지 못한 착한 갈매기
등대 위 소리 없이 춤춘다...

꽃병을 보며

너는 외롭다는 말보다
내게 미소를 주었지,

너는 아프다는 말 대신
내게 향기를 주었지,

그런 너의 아픔을 보고
해 줄 수 있는 게 없네.

그냥 눈빛만 줄 수밖에..

사랑하기 때문에

사랑하기 때문에 보고 싶은 것이고
사랑하기 때문에 갖고 싶은 것입니다.

사랑하기 때문에 행복한 것이고
사랑하기 때문에 그리운 것입니다.

내 가슴이 뜨거운 것은
그대를,
사랑하기 때문에 그런 것이고

내 가슴이 외로운 것도
그대를,
사랑하기 때문에 그런 것입니다.

사랑하기 때문에 고마움을 느끼고
사랑하기 때문에
눈물도 흘리는 것입니다.

사랑하는 사람아

사랑하는 사람아,
그대는 밤새 내 마음속에 꽃처럼 피어나
스쳐 지나간 사랑이었나
지나간 시간속에 추억이 가슴에 멍울져
얼룩이 된 아픈 사랑이었나.

첫눈이 쌓이듯 소복소복 그리움이 쌓여
이제는 눈물조차 말라버릴 것 같은 그 사랑에
나는 별빛이 내릴 때 창문 틈으로
너의 흔적들이 바람결에 스며들어
잠 못 이루었지.

별 하나의 사랑과
별 하나의 그리움과
내 안에 온통 큐피드 화살을 던져버린
사랑하는 사람아,

이슬이 마르고 아침이 밝아 오면
사랑의 여운은 녹겠지만
하늘을 올려다보며 그리움에
목젖을 타고 내려가는 뜨거운 눈물을 삼켜야 하는
내가 사랑 한 사람아,

그리움에 글썽이는 그 눈물은
내 심장에 고이고
밤새 흘린 눈물이 강을 만들어
그리움의 배를 띄운다 해도
나 당신만을 사랑하리니...

애당초 꽃처럼 다가온 그리움이
시냇물에 흘러간다 해도
나 절망하지 않고
기꺼이 당신을 사랑하리오
내가 진정 사랑하는 사람아...

제목 : 사랑하는 사람아
시낭송 : 박영애

스마트폰으로 QR 코드를 스캔하면
시낭송을 감상할 수 있습니다.

내가 살아가는 이유

오늘 하루도
숨 쉴 수 있어 다행이다
그리고 그것에 감사하자.

지금 이 순간은 힘들고 지치지만
희망이 있고 꿈이 있기에
다행한 일이 아닌가.

눈을 뜨면 신선한 바람이 있고
수평선처럼 아득히 보이는
그리운 사람과의 안부가 있기에
이 아침이 아름다운 것이다.

그것이 내가 살아가는 이유인 것을,

고통과 절망 속에서 병마와 싸우는 이웃이 있어
그들을 한 번 더 돌아보고 용기를 주어야 한다.

지금 나는,

두 다리로 멀쩡하게 걸을 수 있고

아름다운 세상을 바라볼 수 있는 눈이 있지 않은가.

세상 살면서 멀쩡한 육신으로

고마움을 느끼지 못하고

노력 없이 한탄만 한다면

가슴 아픈 일이 아닐 수 없다.

멀쩡한 육신으로 무엇이든 해 보라

자신에게 희망과 용기를 줄 수 있기에

감사할 일이지 않은가.

흔들리지 않는 나무가 어디 있으랴

한 세상 바람 속을 걷는다 해도

따스한 이웃이 있고

따스한 정이 있으니

한 번쯤 살아볼 만한 세상이 아닌가.

사랑할 때가 더 외롭다

사랑하는 사람이 생기면 온 세상이
다 내 것인 것 같아도 아니다
때론 텅 빈 정류장처럼 휑할 때가 있다.

아무도 없는 것같이 외로운 것은
더 많은 사랑을 갈구하는
욕심 때문일 것이다
사랑하는 이와 잠시의 이별은
서럽고 눈물 나는 일이다.

사소한 감정 다툼에도
하늘이 무너지는 것 같은 고통은
그와 일치하고 싶은 욕망 때문이다.

사랑을 하면서도 서러운 것은
그의 일상을 갖고 싶고
조금 더 그 영혼 속에 녹아내려
둘이 아닌 하나로 살아가고 싶은
간절한 소망 때문이다.

그대 내게 가장
가까이에 있습니다

사랑할수록 더 깊은 사랑이 필요하고

더 많은 것을 알고 싶어 한다.

더 오래 함께 있고 싶으나

함께 있을 수 없어 사랑할 때가 더 외롭다.

가을 사랑아

보고 싶은 사랑아
너를 보고 싶다는 생각이
가슴에 차올라 목구멍으로 솟구칠 때
너는 내게 눈물이고 그리움이어라

보고 싶은 가을 사랑아
오늘은 빛 좋은 가을 하늘에 바람이 일듯
그리움의 돛단배는 널 찾아간단다

내 발길 등불 밝혀줄 사랑아
오늘 아니 도착하거든
내일 동녘 하늘에 태양이 솟구칠 때
널 찾아 떠나리

붉은 심장 내어준 가을 사랑아
가다가다 지치면 너를 품고
그곳에서 살리라,

버리고 살자

욕심 그거 버리고 살자
버리고 나면 채워질 것이 있나니
욕심을 채운다고 다
채워지는 것이 아니다.
그 욕심 손에 쥔 모래알처럼
빠져나가는 것은 한순간일 것이다.
버려도 저절로 쌓이는 것이 있나니
그것은 마음에 채워지는
나만의 행복인 것을,

그대는 떠났습니다

별이 지고 어둠이 내려
슬픔으로 눈물 흘리던 날
그대는 떠났습니다.

바람인 줄 알았습니다.
떨어지는 빗물에 상처를 안으며
한세상 향기로 피어난 그대는
내 곁을 떠났습니다.

향기 잃은 자태는
이별이란 흔적을 남기고
누군가의 발자국에 짓눌려 진자리에서
눈물을 흘려야만 했지요.

늘 그렇게 향기로 다가와
매일 내게 미소를 지어주던 그대가
그 목숨 다하여 떨어지던 날
바람은 내 가슴을 스치며 그 흔적은
기억 속에 던져놓고 말았지요.

또다시 그가 돌아올 이 꽃 진 자리에서
환한 미소로 향기 가득 머금고 그대가 오시길
손꼽아 기다리겠습니다.

그대 내게 가장
가까이에 있습니다

가을 남자

눈 부신 햇살이
은행나무 가로수 사이로 쏟아지면
나는 가을을 맞으며 은행나무
숲길을 걸어봅니다.

노란 낙엽 하나가 내 어깨 위에 떨어지면
나는 가을 남자가 되어 은행잎 속에
머물러봅니다.

아주 옛날 누군가 함께 걷던 은행나무 숲길
코끝을 스치는 가을바람에 닫혔던 내 가슴이
열리고
어느새 난 가을동화의 주인공이 되어
가을 속으로 걷고 있습니다.

살면서

한겨울 찬바람이 가슴을 할퀼 때
한여름의 열대야를 한번 생각해 보십시오
한결 몸이 따뜻할 겁니다.

한여름 열대야가
나를 지치게 한다면
동지섣달 맹위를 떨치는
동장군을 잠시 생각해 보십시오
분명 한 순간일지라도
더위를 잊게 될 것입니다.

삶을 포기할 만큼 내게
어두운 그림자가 드리운다면
조용히 눈을 감고 한 번 더
어려웠던 시간들을 생각해 보십시오.

반드시 그 힘든 시간은
바람처럼 훑고 지나갈 것입니다.

꽃과 나비의 사랑

어느 산골 외진 곳
운명처럼 다가온 만남
꽃과 나비는 그렇게 사랑했었다.
함께 사랑할 수 있는 날이
얼마 없는 것을 아는 듯
죽도록 사랑했었다.
서로의 허물을 덮으며 사랑했었다.
꽃은 향기만 있을 뿐, 날 수가 없었고
나비는 날개가 있지만 향기가 없었다.
꽃과 나비는 부족한 걸 채워주며
그렇게 사랑했었다.
해밀 날 목숨을 다해 사랑했었다.

그것은 참 행복한 것입니다

밤하늘에 별을 함께 샐 수
있는 사람이 옆에 있다는 것은
참 행복한 것입니다.

같은 이불을 덮고
함께 숨 쉴 수 있는 사람이 있다는 것도
참 행복한 것입니다.

아침에 눈을 떠 아름답게
얼굴을 마주할 수 있는 이가 있다면
그것은 참 행복한 것입니다.

지금 주위를 둘러보십시오
곁에 머물러 내게 미소를 던지는 이가 있다면
나는 참 행복한 사람입니다.

내가 받은 그 미소와 맑은 눈빛을
받은 이에게 돌려준다면
분명 그도 행복한 사람이 될 것입니다.

그대 내게 가장
가까이에 있습니다

그대는 아십니까

그리운 사랑 앞에 붙여진
그대 이름을.

밉도록 보고픈 이여,
가슴 저리게 그리운 이여,

밤새 그대 이름만 끄적이다
새벽닭 울음소리에
비로소, 내가 그대를 사랑하고 있음을.

애처롭기만 한 그대가
더는 아프지 않고
눈물 흘리지 않길 바랄 뿐,

중년의 고독

등 뒤에 짊어진 짐이 없을까만은
등이 휘어지는 건 중년이라 그럴까?

바람 한 점에도 휘청거리고
내리는 가랑비에도 마음이 젖는
나는 고독한 중년이어라.

떨어지는 낙엽만 봐도
울컥, 목이 메이는 건 중년이라서 그럴까
사람이 살아가는 건 다 똑같은 것인데
유독 나만 가슴을 찌르듯 아파오는 건
아마도 중년이라서 그럴까?

유난히 침묵이 드리우는 밤이면
그리운 얼굴 가슴에 파고들어
넘치듯 출렁이는 외로운 알갱이들
상념에 잠겨야 할 뿌리 깊은 고독

그래!
이 몹쓸 고독을 버릴 수만 있다면
빈 술잔에 채워지는 술처럼
누군가를 찰랑찰랑 내 가슴속에 담을 수만 있다면
한평생 살아가는 길에
나 더는 고독하지 않을 터인데

나 이렇게 혼자 외로움으로
정녕,
중년에 꽃을 피울 수는 없는가.

중년에 고독한 이여!
나에게로 다가오라
우리가 만나 서로의 가슴을 나눌 수 있다면
서로의 눈물을 닦아줄 수 있다면
너와 나 남은 세월 고독의 늪에서
헤집고 나올 수 있으련만.

 제목 : 중년의 고독
시낭송 : 박순애
스마트폰으로 QR 코드를 스캔하면
시낭송을 감상할 수 있습니다.

살아가면서

세상에 태어나서 당신께
얻은 것은 예쁜 말투와 포근한
미소입니다.

세상에 태어나서 당신께
받은 것은 행복한 일과 철철 넘치는
당신의 사랑입니다.

가끔은 나를 위해 약간의 질타도
있었지만, 그것은 우리에게 아무런
문제가 되지 못합니다.

세상에 태어나서 내가
당신께 줄 수 있는 것 또한
무진장 많습니다.
사랑...
행복...
믿음...
그리고 죽을 때까지 당신께
드리고 싶은 것이 한 가지 더
있습니다.

그대 내게 가장
가까이에 있습니다

그것이 뭔지 지금은 생각나지 않지만

그것 또한 살면서 당신께 베풀어

당신이 내게 준 은혜보다 더

깊고 깊은 마음으로 보답하겠습니다.

나는 지금

가난이 죄인가요
당신에게 아무것도 해줄 수
있는 것이 없습니다

눈물을 흘리는 것이 죄인가요
슬퍼서 울고 싶은 마음뿐입니다

당신을 보고 싶어 하는 것이
죄인가요

당신이 보고 싶어서
보고 싶은 것이 죄라면
눈물도 흘리지 않겠습니다

내 곁에 그대 없으니 이렇게
슬픈 눈물만 흘릴 뿐입니다.

그대 내게 가장
가까이에 있습니다

빕니다

비가 옵니다.
그곳도 비가 내리는지요
내리는 빗소리를 들으며
그대는 부디 외롭지 않길 빕니다.

바람이 붑니다.
스치는 바람이 가슴에 상처를 남긴다 해도
부디 그대는 눈물을 흘리지 않길 빕니다.

눈이 내립니다.
그곳에도 눈이 내리겠지요
하얀 눈이 어깨를 감싸 안을지라도
첫사랑은 부디 기억하지 않길 빕니다.

지금 그 사람 그 흔적은 잊었지만
그와 마시던 그리움은 남아 있네.
내 가슴 깊숙이 남아 있네

어느 날 문득

어느 날 문득 바람이 찾아오거든
그 바람에 몸을 세우고
바람을 한번 느껴보십시오
흔들이는 갈대의 심정을 느낄 수
있을 것입니다.

어느 날 문득 비가 내리거든
그 비에 흠뻑 젖어보십시오
우산 없이 길을 걷는 아픈 이의 심정을
헤아릴 수 있을 것입니다.

어느 날 문득 내게 그리움이 찾아오거든
마음 깊이 그리워하십시오
그 그리움이 깊어 누군가를
사랑할 수 있을 테니까요.

그대 내게 가장
가까이에 있습니다

그대여

그대여,
삶이 버거울 때 가끔
눈물도 흘려보자
눈물도 거름이 되나니.

그대여,
갑자기 삶이 초라하다 느껴지거든
가슴 한 쪽에 작은 꽃밭을 만들어 보라.

그 꽃밭에서 자라는
한숨과 절망이라는 잡초를 태우고
꿈과 희망이라는 꽃을 가꾸어보자.

어쩌다 가뭄이 오거든
눈물을 쏟아부어 행복이란 열매를 맺게 하자.

내 삶에 어디 한군데 성한 곳이 있더냐
그대여,
부디 하나뿐인 희망을 버리지 말아다오.

가을 우체통

바람에 흩날린
그리움 한 잎,

꼬깃꼬깃 접어서
그대에게 띄워 보내면

행여나 날아올까
그대라는 낙엽 한 장,

우체통 앞에 서성이다
까맣게 타버린 심장,

너 때문이었어

가슴에 사랑을 채워놓고

가슴에 그리움을 심어준

너는 그냥 바람인 줄 알았어

너의 향기는 아름다웠지

때론 널 가슴 아프게 했고

때론 눈물도 있었지만

그런 널 사랑할 수 있었던 것도

알 수 없는 너의 향기 때문이었어

그런 너를 사랑해

지금도,

이별 그 아픔

눈물은 뜨겁고
이별은 아픈 것,

그대여!
부디 사랑을 함부로
하지 마라.

그대 내게 가장
가까이에 있습니다

한순간

한순간 그대가 내게 던져준 미소는
잊을 수 없습니다
한순간 그대가 내게 준 따스한 눈빛은
잊을 수 없습니다

한순간일지라도 그대가
내 곁에 가까이 온 그 순간을
정녕 잊을 수 없답니다

그 한순간이 이토록 긴 여운을
남길 줄 미처 몰랐습니다
찰나의 아픔이었음을.

줄 것이 없네

눈물짓는 당신께
해줄 수 있는 것이 없네
이미 내 손수건을 건네주었으므로

외로워하는 당신께 더는 줄 것이 없네
이미 내 마음 다 주었으므로

떠나가는 당신을 잡을 수 없네
이미 내 모든 것 다 주었으므로

보내야 하는 것도 사랑인가
차디찬 가슴으로 밀어내는 당신
더는 줄 것이 없네.

그대 내게 가장
가까이에 있습니다

당신은

당신은 한 번이라도
슬픈 눈동자를 가진 이의 마음을
읽어 본 적이 있나요.

당신은 단 한 번이라도
그 누구에게 꽃으로 피어 본 적이 있으신가요.

당신은 누구에게 단 한 번이라도
마음을 열어 힘이 되어 준 적이 있으신가요.

당신은,
외로운 병실에서 병마와 싸우며
눈물로 고통받는 이의 손과 발이 되어준 적이
단 한 번만이라도 있으신가요.

당신은 단 한 번이라도 세상의 울타리에서
귀하디귀하게 꼭 필요한 사람이 되겠다고
맹세한 적이 있으신가요.

당신은, 그냥 그런 사람인가요

꽃도 모진 세월을 견뎌야 망울을 피우듯
그대여 다시 피어나십시오.

바람이 참 맑은 날

바람이 맑은 날에는
고즈넉한 찻집에 앉아 잔잔한
음악을 들으며 찻잔 속에 나를
한번 그려놓고 싶습니다.

바람이 맑은 날에는
잊혀가는 기억을 꺼내어
내가 아는 모든 이에게 안부를
한번 물어보고 싶습니다.

바람이 참 맑은 날에는
삶에 찌든 내 가슴을 열어
미소도 담고
희망을 담아
누군가의 아픈 가슴에 치료사가
한번 되고 싶습니다.

그대 내게 가장
가까이에 있습니다

황혼

소쿠리에 주워온

단풍 몇 잎,

도토리 몇 알,

나도 이처럼

곱게 물들고 있는가.

힘이 되는 삶

태양이 구름에 가려졌다고 해서
영원히 빛을 잃은 것은 아니듯

살아가면서 고통과 절망이 앞을
가로막을지라도
모난 돌멩이가 파도에 깎여 둥근 돌이 되듯이
험한 인생길을 걷다 보면 삶의
지혜를 깨칠 수 있을 겁니다.

바람 부는 산야에 자라는 억새가
부러지지 않는 것은
흔들리는 법을 알기 때문입니다.

살아가면서 어찌 가시밭길을
걷지 않을 수 있으리오

구름에 가려진 태양이 다시 밝게 비추듯
가시밭길은 희망의 디딤돌이
될 수 있기 때문입니다.

바람

바람은 누구에게나 있다.

그 바람은 보이지 않을 뿐이지,

어떤 이는 그 바람에 울고

어떤 이는 그 바람에 웃고

오늘도 바람은 어딘가 스친다.

다만 보이지 않을 뿐이지,

그냥 두세요

그냥 두세요
바람이 분다고 안간힘을
쓸 건가요
안간힘을 쓰다 보면
뿌리째 뽑힐 수가 있잖아요.

바람이 불면 부는 대로
흔들리세요.
그렇게 흔들리다 보면
바람은 지나가고
뿌리째 뽑힐 일은 없잖아요.

그리운 당신

머릿속을 떠나지 않는
당신이 있기에 기다림과 슬픔과
눈물이 공존합니다.

늘 안개처럼 다가오는 당신
그런 당신을 오늘도 막연하게
기다립니다.

잡으려면 잡히지 않고 저만큼
더 멀어지는 당신
언제까지 당신을 부여잡고 가야 할건지,

얼마나 더 기다려야 당신을
만날 수 있을까
오늘도 그리움으로 수놓는 당신
그런 당신을 나는 하염없이 되뇝니다.

별빛 그리움

밤하늘에 별빛이 아득히 보이는 것은
아직 내 안에 그대를 담을 수 없기 때문입니다.

밤하늘에 별들이 아주 작게 느껴지는 것은
내가 아직 그대를 사랑할 수 없기 때문입니다.

밤하늘에 별들이 아름답게 보이는 것은
아직 그대를 사랑할 수 있다는
희망이 있기 때문입니다.

밤하늘에 별을 보고 행복하다 느껴지면
내가 그대를 사랑하고 있기 때문입니다.

제목 : 별빛 그리움
시낭송 : 박순애

스마트폰으로 QR 코드를 스캔하면
시낭송을 감상할 수 있습니다.

그대 내게 가장
가까이에 있습니다

그냥 내버려 두세요

나이 먹고 늙어 간다는 것을
우울해 말아요.
우울해한다고 젊음이 다시
오는 것도 아닌데

세월이 가고 늙어가더라도
그냥 내버려 두세요.
모두가 늙어 가는 것을,

그렇게 모습이 변한다 해도
가만히 두세요
가는 세월을 붙잡을 수는 없잖아요.

우울해한다고
세월이 멈추는 것도 아니고
걱정한다고 젊음이 다시 오는 것도 아닌데

마음만 더 늙어 갈 테니
그냥 내버려 두세요.

내가 행복한 이유

나는 행복합니다.
내가 행복한 이유는
내가 잘나서 행복한 것은 아닙니다.

내가 행복한 이유는 돈이 많아서
행복한 것은 더더욱 아닙니다.

내가 행복한 이유는,
사랑하는 가족이 있기에 행복하고

내가 행복한 이유는 ,
욕심을 담을 수 있는 그릇이 없기에
행복한 것입니다.

살다 보면 한두 가지 걱정이야
없겠냐마는 그 걱정은
지나가는 소나기일 뿐입니다.

내가 진짜 행복한 이유는
아름다운 사람과의 일상이 있기에
행복한 것입니다.

그대 내게 가장
가까이에 있습니다

지금

내 배가 부르다고 모든 이의 배가
부른 것은 아니다.

굶주림에 허기진 배를 움켜쥐고
오늘 한 끼를 걱정하는 이가 몇이든가.

내가 따뜻하다고 모두가 따뜻한 것은 아니다
헐벗은 가난에 눈물 흘리는 이가 몇이든가.

지금 주위를 한 번 둘러보라

어떤 이는 마음이 찢겨져 눈물을 흘리고
또 어떤 이는 한 끼를 걱정하는

지금, 이 순간....

내가 줄 것이 무엇이라
내가 할 수 있는 것이 무엇이라

지금 주위를 한 번 둘러보라
내가 줄 수 있는 것은 또 무엇이라

누군가 그리운 날

후두두 비가 내리는 날이면
나도 모르게 창밖을 보게 됩니다.
창가에 흐르는 빗물에
외로운 마음은 커가고
누군가 찾아올 것 같은 그리움은
가슴에 통증으로 남아
애처롭게 흘러내립니다.

바람이 덜커덩 창문을
할퀴고 지나가는 날이면
그 바람 소리에 귀 기울이며
누군가 내 마음을 흔들고
지나가는 것 같아
창가에 귀 기울이고 싶어집니다.

밤하늘에 별들이 반짝일 때
하늘을 올려다보면
아득히 보이는 별들이
누군가 그리움을 데려다줄 때
하염없는 그리움에
나는 고개를 숙이고
지나간 사랑을 그려 봅니다.

그대 내게 가장
가까이에 있습니다

초대

어느 날 나는 초대를 받았다
혼자 사는 그녀의 방은 깔끔했고
온통 책으로 가득했다.

우리는 한동안 아무런 말이 없었지
잠시 침묵이 흐르고 등이 가렵다며
그녀는 위 티셔츠를 걷어 올린 채
등을 긁어주길 원했다.

쑥스러워 망설이던 나를 보자
살며시 미소만 지우며
아무 일도 없었던 것처럼 옷을 내렸다.

순간,
욕정을 참고 이성을 잃지 않은 것에
나는 나 자신에게 고마움을 보내며
그것이 늘 살아오면서 아름다운 기억인 것을

그것이 세월이 지나고 보니
나의 첫사랑이었음을
늘 아쉬운 아름다운 기억인 것을

이 글을 읽는 당신의 첫사랑은 어땠나요
아름다운 기억으로 남아있을 테지요.

내게 소중한 사람

밤하늘에 반짝이는 별보다
달이 더 밝은 것은
그 빛이 온유하고 내 곁에
더 가까이 있기 때문입니다.

아름답고 향기가 나는
사람일지라도 멀리 있다면
내게는 아무런 소용 없는 것처럼.

비록 향기는 없을지라도
마음이 온유하고 달빛처럼
지치지 않는 사람이 곁에 있는 것이
내게는 훨씬 더 소중하기 때문입니다.

당신이 그립습니다

보고 싶은 그대를
그리운 마음에 불러보고 싶었지만
메아리로 돌아올 것 같아
차마 부르지 못하고 가슴에 꾹꾹
눌러 담고 말았습니다.

잘 가란 말 한마디 못하고
그대를 보낸 후 뒤돌아서서
눈시울을 붉히며 날마다 가슴 태워야만 했지요.

햇살 가득한 창가에 앉아
따뜻한 차 한 잔에 피어오르는
향기를 음미하며 가슴에
당신의 흔적들로 채우고
그리움 한 아름 가슴에 새기며
당신을 생각합니다.

만나지 못한 애틋한 마음을
차 한 잔으로 잠재우며
찻잔 속에 담긴 당신을
눈물로 삼켜야만 하는 오늘이
너무나 그립습니다.

그대는 누구신가요

내가 한 그루 나무였을 때
나를 흔들고 간 그대는
바람인가요...

내가 한 잎 풀잎이었을 때
나를 울리고 간 그대는
이슬인가요...

내가 한 송이 꽃이었을 때
살며시 다가와 입맞춤 한 그대는
정녕, 누구신가요.

서로에게 줄 수 있는 것은

그대와 나 한평생 사는 동안
아름다운 눈빛만 주고받을 수만 있다면.

그대와 한평생 사는 동안 가슴으로
넉넉하게 어루만져 줄 수만 있다면.

그대와 나 평생을 사는 동안 미소로
서로에게 예쁜 옷을 입힐 수 있다면.

비로소 당신과 나 하나가 될 터,

모자람 속에서도 서로에게 등불을 밝혀
어둡지 않은 여명의 길을 갈 텐데....

나를 데려가 주오

나를 데려가 주오
다른 사람 만나
웃음 지을 때 오시지 말고

나 외로울 때
데려가 주오
외로움은 너무 슬픈
일이니까요.

꽃잎이 떨어질 때
오지 마세요
이왕 오실 것
봄비가 내릴 때
찾아오세요
봄비는 너무나 외롭거든요.

그대 오시려거든
사뿐사뿐 오세요
나를 데려가려거든
꽃길 따라서 오세요
꽃길은 나를 유혹하기
충분하니까요.

당신도 가끔 그럴 때가 있나요

비가 내리는 날이면
당신도 가끔 내리는 비에
흠뻑 젖고 싶을 때가 있나요.

바람이 부는 날 당신도 한 번쯤
갈대처럼 흔들리고 싶을 때가 있나요.

꽃잎이 눈처럼 내릴 때
꽃잎을 보며 누군가 그립다, 보고 싶다,
가슴 저미게 고독한 적이 있으신가요.

오늘도 나는 저녁 빛 별을 보며
아득히 먼 별빛처럼 누군가를
가슴에 담아 봅니다.

별은 잡을 수도 딸 수도 없으니
이 마음만 외로울 수밖에,

너

그런 네가 가슴에 담겨 있는
것만으로도 좋다.

매일 보지 못해도
자주 목소리를 들을 수 없어도

너의 존재가 이 세상에
있다는 사실 하나만으로도
나는 행복한 것인데.

내 마음 구석구석
너의 흔적들로 남아
너를 생각하는 지금 이 순간
너무나 행복할 수밖에,

소유

나를 소유하려 함은
그로 인해 오히려
너를 버리게 하는 것이니
온전히 너의 마음을 비우는 것이
나를 소유하는 것
내가 들어갈 수 있도록
자리를 비워주는 것이
나를 소유하는 것이므로
너의 가슴에 넓은 자리 하나
만들어 주렴
사랑은 소유가 아니라
지켜주는 것.

그렇게 가리라

바람 불면 바람 부는 대로
그렇게 흔들리리라.
비가 오면 비에 젖어보고
넘어지면 다시 일어나 걸어가리라.

세월은 그 자리 그대로인데
나는 지금 어디로 가고 있는가.
돌아보아도 그 자리,
눈을 감아도 그때 그 자리,
변한 건 없건만 나는 늙어만 간다.

세상에 나 혼자 내버려 둔 것처럼
외로울 때가 있다.
별을 봐도 아름답지 않고
꽃을 봐도 향기가 없을 때
세상에 우두커니 나 혼자 버려진 것처럼
허무할 때 나는 눈물이 난다.

그래, 내가 울 수 있다는 건
다시 시작하겠다는 말이다.

지지 않는 꽃이 어디 있으랴
떨어진 꽃이 썩어 거름이 되어 다시 꽃이 피듯이
나 넘어져도 다시 일어나 그렇게 걸어가리라.

나 그렇게 눈물 속에 다시 피어보리라

바람아 불어다오.
청춘을 잡을 수만 있다면
바람 앞에 촛불이 될지라도
세상의 울타리에서 꺼지지 않는 촛불이 되리니
나 늙어감에 서럽지 않다면
바람 부는 대로 그렇게 걸어가리라.

제목 : 그렇게 가리라
시낭송 : 박순애
스마트폰으로 QR 코드를 스캔하면
시낭송을 감상할 수 있습니다.

아름다운 연습

미소는 얼어붙은 마음을
녹여주는 천사의 얼굴입니다.

내가 하얀 이를 보이고
미소를 보낸다면
지금 내 앞에 있는
그대도 엷은 미소를 보이겠지요.

내가 지금,
세월에 찌든 때를 입고
미소가 사라져버린 흉한 얼굴에
아름다운 연습을 합니다.

내일은 당신에게 아름다운
미소를 보낼 수 있겠지요.

그 사람을 만났네

어느 날 그 사람을 만났네
기억 속에 담고 있던 그 사람을
만났네

바람 속에 거닐다 우연히 만난 그 사람
약속이나 한 듯이
보고 싶다고 말한 듯
그 사람을 만났네

밝은 미소 수줍은 여심
뒷모습이 아름다운
그 사람을 만났네

심장이 터질 것 같은 울림 속에
그리움은 음악처럼 흐르고
그 그리움 속엔 언제나
너와 내가 있었네

아침 이슬처럼 살짝 왔다가
사라진 그 사람
그 사람을 우연히 만났네.

밤하늘에 별을 보며

나는 밤하늘에 아득히 보이는
별을 보며 지나간 흔적을
떠올려 봅니다.

아스라이 멀어져 있는 별처럼
기억 저편에 잊혀가는
이름 하나를 생각해봅니다.

오늘따라 밤하늘에 별은
내 가슴에 온통 그리움으로 수놓고

스쳐 지나간 그대 흔적이
불현듯 주마등처럼 지나갑니다.

하나둘 셋,
반짝이는 별 중에
빛을 잃어가는 희미한 별
저 별도 나를 보고 있을까.

그대 내게 가장
가까이에 있습니다

수없이 많은 별 중에 나와
마주친 저 별은 무슨 까닭으로
빛을 잃어만 가고 있을까.

별은 변함없는데
그대와 나 사이에 거리는 별빛처럼
아득하기만 합니다.

다시 사랑할 수 있다면

하늘이 눈물을 흘리는 까닭이 무엇일까
저 하늘을 올려다 보라
나처럼 울고 있지 않은가
맑은 하늘에 비가 오는 것은 아니듯
무슨 까닭으로 비가 내릴까.

내가 밤을 다 하여 괴로워해야 하는 까닭은 무엇인가
내가 밤을 다 하여 울고 있어야 할 이유는 무엇인가
내가 내 외로움을 너에게 줄 수 없듯이
너 또한 이 밤이 다 하도록
괴로워한다면 이 얼마나 가슴 아픈 일인가.

우리가 누구의 잘못을 탓하기보다
한 번쯤 삶을 뒤돌아봐야 하지 않겠는가
밤을 다 해 서로를 탓하며 괴로워하는 것보다
밤을 다 해 서로를 그리워할 수 있다면
그 얼마나 눈물겨운 일인가.

밤길을 걸어가는 저 연인들을 보라
소곤소곤 행복하고 다정하지 않은가
손을 맞잡고 서로의 어깨를 내어 주며
평행을 이루고 있지 않은가.

그래,
이제 일어나 그렇게 가야 한다
목마름의 갈증을 느껴보라
울고 있어야 할 이유가 무엇인가
괴로워할 이유가 무엇인가

우리가 다시 손을 맞잡고
서로의 어깨를 내어 줄 수 있다면
유리창 너머 다정히 앉아 소곤대는
저 연인들처럼 행복하지 않겠는가
우리가 다시 사랑할 수만 있다면.

제목 : 다시 사랑할 수 있다면
시낭송 : 박순애
스마트폰으로 QR 코드를 스캔하면
시낭송을 감상할 수 있습니다.

내가 할 수 있는 것은

누군가,
그리울 때는 한 권의 시집을 펼치자
가슴속에 망울망울 그리운 이의 영혼이
숨 쉴 수 있을 테니

오늘 문득 커피 한 잔이 그리워
맑은 음악이 흐르는 찻집에 앉아
고독한 커피 한 잔에 마음을 적셔본다.

내 안에 헤즐럿 향기가 퍼져
어느 이름 모를 낯선 이의
가슴을 녹여 줄 수 있을 것인가,

내가 할 수 있는 것은 무엇이랴

빈 들녘에 꽃을 심을 수도
빈 가슴에 그 흔하디흔한 사랑 한조각
담을 수 없으니

지금 누군가를 사랑하고 싶다.

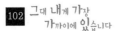
그대 내게 가장
가까이에 있습니다

하지만,

한 송이 들국화를 줄 곳이 없어

이렇게 가슴에 비만 내리는 것을,

당신도,

사랑 때문에 허기진 적이 있으신가요.

그렇게 살다 가겠지요

가련한 이 한 몸
이 세상 살다 가겠지요.

바람이 불면 부는 대로
낙엽이 지면 지는 대로
그렇게 살다 가겠지요.

언젠가 저 먼 하늘길
찾아야 가겠지만
이 한 몸 그렇게 살다 가겠지요.

이 세상 머물러 있는 동안
고통도 따르겠지요
눈물도 흘리겠지요

바람처럼 구름처럼
그렇게 왔다 갈 거예요.

그대 내게 가장
가까이에 있습니다

그리움이 나를 찾아 오면

바람이 나를 스칠 때
나는 바람에 흔들려 보고
바람 속을 걸어봅니다.

소나기가 나를 적시면
나는 소나기에 한번 젖어 보고
빗속을 걸어봅니다.

그리움이 나를 찾아오면
나는 그리움 속에 빠져
기억 속에 그대를 찾아갑니다.

층간 소음

당신도 천둥소리 때문에
괴로워한 적이 있으신가요.

먼저 다가가십시오

윗집에 누가 사는지,
옆집에는 누가 사는지,

먼저 다가가다 보면
분명 그들도 마음을 열 테지요

개울물 소리에 귀 기울이지 말고
천둥소리에 귀 기울이지 말고

떡 한 쪼가리, 나물 한 잎,
먼저 다가가 나누다 보면
가족 같다는 생각이 들지요

그대 내게 가장
가까이에 있습니다

윗집에 가족이,
옆집에 친구가 산다는 생각
해본 적 있으신가요.

아랫집에 시누가 산다는 생각
해본 적 있으신가요.

천둥소리,
서로가 배려한다면
그렇게 괴로운 것만도 아니지요.

당신입니다

나를 눈물 나게 하는 것도 당신입니다.
나를 사랑해준 사람도 당신입니다.
어느 날 가슴 깊숙이
사랑의 증표를 남긴 사람도 당신입니다.
어떤 날 바람처럼 왔다가
가슴 저미게 그리움을 준 사람도 당신입니다.
오늘 그런 이유로 나를
힘들게 하는 사람도 당신입니다.
비명처럼 다가온 당신,
그도 당신입니다.
나에게 행복을 줄 사람도
결국 당신입니다,

소금 같은 사람

소금은 그냥 소금이 아닙니다
바닷물이 증발해 만들어진 것이
소금입니다.
그래서 소금은 음식을 만들 때
꼭 필요한 양념입니다.
사람도 마찬가지입니다.
내면에 분포된
버릴 것은 모두 버려야 맛갈스런
소금처럼 꼭 필요한 사람이 될 것입니다
긴 세월 동안
내가 비우고 버려야 할 것이
무엇인지 생각해봅니다.
빛깔 좋은 소금처럼 누구에게나
잘 어울리는 양념 같은
사람이 될 것입니다,

안부

내가 힘들고 지칠 때
누군가 내게 안부를 묻는 이가 있다면
그 고운 마음을 내 마음속에
차곡차곡 저금을 하리라
나도 언젠가 그가 힘들고
지친 기색이 보이면 내 마음을 열어
그에게 안부를 물어보리라.

그대 내게 가장
가까이에 있습니다

바람 불면 그곳으로 가보자

많은 세월 스쳐 간 바람이
얼마든가
봄바람이 오는가 싶으면
어느덧 찬 바람이 가슴을 할퀸다
삶이 힘들고 지칠 때
그곳으로 가보자.
그곳은 언제나 산들바람이 불어와
삶이 힘겨운 나를 일으켜 세운다
오늘도 바람은 나를 스친다.
바다가 보이는 그곳으로 가보자
발길 닿는 그곳으로

눈물 젖은 편지

사랑한다는 말을 쓰다가 지우고
그립다는 말 대신,
빈 종이에 마음만 채웠습니다.

그리움에 눈물이 앞을 가려
하고픈 말 모두 잊고 그리움의 고통으로
하얀 편지지에 눈물자국만 보냅니다.

눈물 편지를 받은 당신 마음이 다칠까
예쁜 꽃잎도 함께 동봉합니다.

주소는,
보고 싶은 그대라 적었다가 지우고
사랑하는 그대라 적었습니다.

애절한 마음으로 보낸 편지가
비구름이 없는 맑은 날,
당신의 품으로 도착하겠거니 여기겠습니다.

그대 내게 가장
가까이에 있습니다

고통으로 자라는 나무

고통 없이 자라는 나무가
어디 있겠냐마는

온실 속에 곱게 자란 나무가
생명력이 짧은 것은,
보살핌의 손길이 있기 때문입니다.

벼랑 위에 홀로 선 저 나무를 보십시오
세월의 구김 속 절규를 디딘 채
의연하게 피어나지 않았는지요.

그대여,
비바람에도 꺾이지 않는
깊은 뿌리를 뻗어보십시오.

찰나의 격정을 견디며
G 단조의 아리아를 부를 겁니다.

이정표

가쁜 숨 몰아쉬며
山을 넘었고
앞만 보고 달리다 江을 건넜다.

누구를 위해 내 몸을 태워야 했나
구겨지고 찢긴 나의 존재
나 자신을 위로할 틈도 없었다.

눈물로 江을 건너고
고통을 짊어지고 山을 넘었다.

한 발짝 뿌려진 눈물과 땀은
山이 되고 江을 이루다

나의 존재는 허허로움이었고
결국은!
모든 걸 다 버리고 가야 할 것을,

그렇게 살고 싶다

세상 살면서
눈물 흘리지 않고
행복한 일만 생긴다면 얼마나 좋을까.

비 오는 날 비에 젖지 않고
마른 걸음 걸을 수 있다면
얼마나 좋을까.

사랑하는 사람과 평생을 살아도
이별이 찾아오지 않는다면
얼마나 좋을까.

나 그렇게 살고 싶다.

울고 싶을 때가 있습니다

사람이 살다 보면 갑자기
가슴이 막혀 울고 싶을 때가 있습니다

그럴 때는 자신이 자신만을
다스릴 수 있기 때문에
잠시 하던 일을 멈추고
한 번쯤 마음을 가다듬는 것도
자신을 편안하게 할 수 있습니다.

태양이 눈 부신 것은,
구름이 없기 때문입니다.
사람도 늘 행복할 수는 없습니다.
가끔 구름이 끼듯이 고통이 있어야
자기만의 성장이 있을 것입니다.

밤하늘에 별빛보다 달빛이
더 은은한 것은 별보다 달이
우리에게 더 가까이 있기 때문입니다.

그대 내게 가장
가까이에 있습니다

눈물을 흘리고 싶을 때는
한 번쯤 가까이 있는 그 누구에게게라도
마음을 열어보십시오.

눈물은 눈물샘이 막혀
눈물이 쌓이듯이 마음을 열어
눈물이 고이지 않도록 해야 합니다.

온전히 마음을 비워 나를 한 번
태워보십시오.
울고 싶은 것은 그다지 마음만의
상처는 아닐 것입니다.

그렇게 가겠소

삶이 그렇소
구름처럼 산중 턱에 잠시
머물다 가는 게 인생이잖소.

베풀지 못한 부(富)가
그대의 발을 묶는다면
먼 길 떠날 때 어찌 편히 가겠소.

우리네 인생 이슬처럼
풀잎에 잠시 앉았다 가는
인생이잖소.

베풀고 나누다 보면 가는 길
한결 가벼워지지 않겠소.

그대 내게 가장
가까이에 있습니다

바람 부는 오월

당신을 만난 오월은 행복합니다.

지금 내 가슴에 바람이 불고

청매실 잎 그늘진 숲속
속삭이는 당신의 목소리가 정겹습니다.

솔바람 스칠 때 아스라이
가슴에 느껴지는 당신의 눈빛
그것은 설렘입니다.

당신은,
바람 부는 오월에 그렇게
나를 흔들고 있습니다.

사랑한단 말 한마디만 해 주십시오.

그 한마디가 애타는 것을요.

애원

그대 내게 머물러 주십시오.

오늘같이 내 가슴이 우울하고
까닭 없이 눈물이 흐를 때
그대 내게 머물러 주십시오.

당신 없는 텅 빈 자리에
외로움의 나무가 자라면
초라한 나는 마음 줄 곳이 없습니다.

부디 내게 머물러 주십시오.

굳이 사랑한다는 말은 접어두고
따스한 눈빛 하나면 충분한 당신,

애써 사랑이란 말을 담지 않아도
느낌 하나만으로 알 수 있는 당신,

강이 흘러 바다를 만나듯
내 외로움은 그대 품속으로
스며들게 해 주십시오.

나뭇가지 흔들며 지나는 바람이 아닌
풀잎에 이슬이 앉듯
그대 내게 조용히 머물러 주십시오.

마음 착한 당신 부디 내 곁에 머물러
외롭지 않은 등불을 켜 주십시오.

소박한 희망

누군가는 지금 눈물을 흘리고
또 누군가는 지금 고통 속에서
몸부림친다.

삶이 버거울 때 가끔 하늘을
올려다 보라
눈 부신 태양이 구름에 가려지지
않는 것은 아니다.

지금 눈물을 흘린다고 해서
슬픔을 모두 지울 수 있는 것은 아니다.

먹구름이 낀 하늘에 밝은 태양이 비추듯
슬픔이 걷히는 날이 있으리라.

우리는 그나마 실오라기처럼
가느다란 희망이 있기에
세상 버틸 힘이 있지 않은가
그대여 부디 희망을 버리지 마라.

지금 내 가슴 속엔

내 가슴에 그런 발자국 하나 숨어있네.

어느 가슴인들 꽃 한 송이 없겠느냐마는
어느 가슴인들 아픈 상처 하나쯤 없겠느냐마는

내 가슴 속에 끊임없이 허허로운
발자국 하나 남아있네.

어느 가슴인들 눈물 한 줌 없겠느냐마는
어느 가슴인들 외로운 바람 한 점 없겠느냐마는

내 가슴 속에도 고독이 쌓여 어느 하루도
비탈진 계곡을 걷지 않는 날이 없구나
오롯이 그 길엔 홀로 남겨진 들꽃처럼

당신이 바람으로 쓸쓸히 남긴 발자국 하나
내 심장에 불멸로 남아 쓰리게 피어있네.

무궁화꽃이 피었습니다

무궁화꽃이 피었노라.
외마디 비명에 놀란 투사의 가슴에
무궁화꽃은 붉게 피었노라.

민족의 가슴에 마디마디 아픔을 새겨두고
무궁화꽃이 피었노라

내 조국 들녘에,
핏빛으로 화려하게 피었노라.

독립을 열망하던 임들은 떠났지만
그 외마디 비명에 함께한
동지들 가슴에 무궁화를 심었노라.

36년 억겁의 세월을 견디어
풀 한 포기 나무 한 그루 없는 이 땅 위에
무궁화를 피웠노라.

그대 내게 가장
가까이에 있습니다

차디찬 형무소 바닥에서 독립의 주문을 외치던,
옥중 순국한 열사들이여
아아! 임들은 떠났지만
구멍 난 가슴에 무궁화를 피웠노라.

지지 않는 불멸의 꽃이 피었노라.
독립 열사들이여,
임들이 있었기에 광복이 있었노라

버리고 나니 아름다워라

낡고 오래된 가구는 버리고 싶듯이
마음속에 불신과 낡은 생각은 한번
버려보십시오.
마음이 한결 가벼워질 것입니다.

살면서 문득 울고 싶을 때가 있습니다.
그것은 울고 싶은 것이 아니라
마음속에 눈물이 있기 때문입니다.

울고 싶을 때는 마음을 한 번 열어 보십시오.
새 가구가 들어오듯 훨씬 마음이
밝아질 것입니다

살다 보면 순간 마음이 아파질 때가 있습니다.

그것은 마음이 아픈 것이 아니라
마음이 닫혀 있기 때문입니다.

그대 내게 가장
가까이에 있습니다

마음 깊숙이 문을 열고
마음 안쪽에 꽃밭을 한번 가꾸어 보십시오.

아픈 마음은 사라지고
예쁜 화초가 자라듯
매일 마음에 꽃이 필 것입니다.

그대 내게 가장 가까이에 있습니다

천준집 제3시집

2019년 8월 14일 초판 1쇄
2019년 8월 19일 발행
지 은 이 : 천준집
펴 낸 이 : 김락호
디자인 편집 : 이은희
기 획 : 시사랑음악사랑
연 락 처 : 1899-1341
홈페이지 주소 : www.poemmusic.net
E-Mail : poemarts@hanmail.net

정가 : 10,000원
ISBN : 979-11-6284-129-7